Gotas de Azud

Gotas de Azud

© del texto: Mercedes Castro Garbajosa
© diseño de cubierta: Equipo Mirahadas
© corrección del texto: Equipo Mirahadas

© de esta edición:
Servicios de autoedición Mirahadas, 2025
Editorial Mirahadas, 2025
Avda. San Francisco Javier, 9, P 6ª, 24
Edificio SEVILLA 2,
41018 - Sevilla
Tlfns: 912.665.684
info@mirahadas.com
www.mirahadas.com

Impreso en España
Primera edición: noviembre, 2025

ISBN: 979-13-87821-97-5
Depósito legal: SE 1906-2025

Gotas de Azud

Mercedes Castro Garbajosa

mirahadas

Índice

Llueve

Llueve y llueve
tras los cristales,
al otro lado del alféizar
muere la tarde,
fluyen por mi cabeza
recuerdos tristes,
y mi sonrisa se desvanece
entre vapores,
dulce melancolía
que sueña canciones,
melodías prendidas
de algodones,
vertiginoso torrente
incontenible de emociones,
suave murmullo turbador
que me adormece.

Una casa

Hay una casa en el aire,
donde transita la soledad,
donde habita el silencio,
donde las almas brillan sin luz
porque falta el aliento,
donde la primavera
no sucede al invierno,
donde los días se alimentan
de fuegos,
y las noches de hielo,
donde el sol se oculta al amanecer
porque una amenazante oscuridad
lo impregna todo.

Inmortal recuerdo

La luz se esconde,
se desvanece en un día gris
convirtiéndose en noche,
abduciendo pensamientos fugaces
que se descomponen en el aire,
manchando las paredes de ti,
escribiendo tu nombre,
desvelándote,
al doblar una esquina
o al recorrer una calle,
desplegando un velo protector
que consigue retener tu recuerdo para siempre.

A mi hijo

Desde que naciste
todo ha sido fascinante
para mí,
todo cambió en mi universo
reducido y gris,
el color de los almendros,
el brillo ardiente del sol,
se intensificaron para recordarme
que ya estabas aquí.
No pasa un día
sin que me preocupe por ti,
una hora en que no piense
dónde estarás,
qué peligros correrás,
si ese mundo de colores
que dibujé para ti
te rodea,
te protege
para que seas feliz,
si mirarás al cielo
cada vez
que el suelo se derrumbe

bajo tus pies,
si recibirás el amor
que siempre te deseé,
si encontrarás los tesoros
que con tanto afán
fui esparciendo
y ahora a ti te toca recoger.

Destino

Te oculté en las sombras de la noche,
en un rincón escondido
del sueño más profundo,
para no tenerte,
para no pensarte,
para no escuchar cada mañana
tu nombre,
y jugué a vivir sin ti,
sin tu voz,
sin tus caricias,
sin el rumor contagioso de tu risa,
y quise ser feliz,
en el caminar de otras vidas,
en el palpitar de otros mares,
y ahora que ya no sé ni dónde estás,
tan solo necesito despertar.

El mundo

Mira en tu corazón,
entra en tu mente,
no busques fuera de ti
lo que a ti solo compete,
el mundo gira y gira,
y nunca se detiene,
espera de ti
que luches,
que brilles,
que destaques,
pero tú,
¿tú qué esperas?
Tú lo que quieres es reír,
sentir,
vivir sin miedo,
andar por la orilla del mar
con los pies desnudos,
mirar al cielo y pensar
que el mundo es tuyo.

Pausa

Hay momentos en el día
en que los minutos caminan tan lentos
y los corazones laten tan despacio
que el cielo parece temblar,
suspiros que rompen el silencio,
esperas eternas,
preguntas al viento,
retos lanzados al azar,
y de vez en cuando una luz en el horizonte
que parece brillar.
Son vacíos que el espacio pugna por llenar,
se extinguen cuando cada partícula ocupa su lugar.

Luna roja

He visto en esta noche gris
una luna roja,
noche aciaga
que me dejó sin ti,
luna amarga
que clavó sus fauces
en mi llaga,
que destrozó mi corazón
a dentelladas,
que me volatilizó
como una sombra.
Ya no quiero estar
en este lugar de tristeza,
esperando a que vuelva tu
risa,
reclamando un amor
que ya no brilla,
buscando momentos infinitos
que perduren
cuando desaparezca
la magia.

Vivir sin miedo (carpe diem)

Me pregunto a menudo
cómo será vivir sin miedo,
sin mirar hacia atrás,
sin temer los silencios,
sin sentir un enorme vacío
al advertir el futuro,
sin escudriñar el paso del tiempo,
sin ser consciente del poder
uniformador del universo,
sin abandonarse al abrazo inseguro
del destino,
sin aproximarse a los abismos,
amarrándose al consuelo enriquecedor
que proporciona apreciar cada momento.

Aguacero

La lluvia cae tranquila,
sosegada,
y de pronto se hace el silencio
y estalla,
brotan en mi cerebro
chispazos, rayos, centellas,
se desatan,
como mil agujas punzantes,
aparecen lobos, espectros, fantasmas,
que provocan ruido,
que plantan batalla,
y de repente,
todo calla,
y se produce la calma.

Te recuerdo en mi calma

Te recuerdo en mi calma,
en aquellas madrugadas dulces
que nos sorprendían abrazados,
en aquellas tardes eternas,
en las que apoyabas tu cabeza en mis rodillas
mientras se detenían las horas,
en aquel ir y venir
sereno, pausado,
que nos envolvía en una nube transparente
que nos protegía del mundo,
en aquel sentir, y temblar,
que nos convertía en presos cautivos
de nuestros cuerpos,
en aquel suave transcurrir de los días
que nos mecía como una brisa apacible
y deliciosa.

La vida

La vida son historias,
relatos que se cruzan en el tiempo
levitando en el aire,
removiendo conciencias,
o tendiendo puentes,
colándose por las costuras de la sensibilidad
para activar emociones,
provocando heridas,
o esparciendo flores,
llenando el mundo de solidaridad
cuando el sentido se esconde,
desencadenando sensaciones,
sembrando sinsabores,
dando lecciones de ejemplaridad
a quien no las merece,
inflamando corazones,
dando o quitando razones,
instigando revoluciones,
conduciendo a aprender de los errores,
ofreciendo momentos de distracción
a quien necesita evadirse,
desenmascarando a quien juega al despiste,

echando fuego al impulso de la imaginación
para que el mundo funcione.

Fuerza Vital

Cada sueño cumplido
es un escalón más
que va subiendo y subiendo
por la escalera del tiempo,
cada madrugada es un triunfo,
cada día una quimera,
cada despertar un eslabón más
en la cadena,
cada logro una ilusión que florece
en la consecución de una esperanza nueva.

Nieve

Cae la nieve
sobre la sierra,
tiñe de algodones la niebla,
blanquea las matas desnudas de las genistas,
y vigoriza la tierra,
siembra de fantasía
el horizonte,
extiende su manto
sobre las rocas,
desdibuja los arroyos
y las sendas,
y espolvorea las copas de los abetos
cuando la desmenuza con su bamboleo
el viento.

Noche

Noche desgajada del sol,
temible como el filo de una navaja,
oscura como el carbón,
negra como la amargura,
sola como la luna,
misteriosa como el mar,
alegre también,
hermosa,
forjadora de escarcha,
ocultadora de luces y de sombras,
serena como un cielo cubierto de estrellas,
sanadora de miedos ocultos
en busca de redención.

Los caminos de rosas

Los caminos de rosas
siempre fueron turbios,
cenagosos,
dejaron mi corazón
expuesto a las sombras,
al infortunio,
desdoblaron la luz
para convertirla en humo,
buscaron subterfugios
por donde burlar el futuro,
fueron
aire,
inconstancia,
desidia,
nichos de soledad,
ignominia,
fuegos de esperanza contenida,
diluvios que acabaron en bruma,
sensibilidad oscurecida,
lugares comunes carentes de vida,
emociones destruidas,
vientos que salieron al mundo
reconvertidos en ventisca.

La magia de la vida

Vivo suspendida de un sueño,
transportada por el excitante fulgor
de una quimera,
no me sirve con el burdo paso de las horas,
necesito poder vibrar
con cada amanecer,
con el flamear de una hoguera,
emocionarme
al contemplar una flor,
o al admirar una estrella,
ser paloma torcaz
o glamurosa sirena,
caminar sin rumbo fijo
por una playa desierta,
sentir la llama del amor en primavera,
ser capaz de percibir en todo su esplendor
la magia de la vida.

La bruja y la luna

La bruja mira a la luna,
la escucha,
conoce sus lamentos
y sus dudas,
sabe
de sus intenciones más oscuras,
le canta cada noche
para que bendiga sus hechizos
y la quiera,
las dos juegan a esconderse
tras la bruma
para ocultar las pretensiones
que pululan
entre los deseos
de los que buscan cobijo
bajo su sombra
y las dos se buscan
y se necesitan
seguras
de que no son nada la una
sin la otra.
Las dos seducen

Las dos juegan
Las dos sanan corazones
Las dos lloran

Briznas

A veces la luna trae recuerdos
de mundos lejanos,
de momentos vividos
en otro tiempo,
en otras vidas,
en otro firmamento,
que aparecen de súbito
alterando el sueño,
que quizás no sean recuerdos
o que tal vez sean de otros,
que penetran por las fisuras de la memoria
provocando desconcierto,
inundando el presente
con briznas desprendidas del pasado.

Convulsión

Convulsión,
ruido en la calle,
mundo que ruge,
latidos que se desatan,
ilusiones que se abrazan,
consignas que se lanzan,
voces que surgen de la parte
más impulsiva del alma,
emoción precipitada,
tensión envuelta en regueros
de esperanza,
grandes dosis de inocencia,
beligerancia,
conciencia de pertenencia,
compromiso,
diligencia,
obsesiones que se encauzan,
escrúpulos que se atenazan,
muchedumbre que se mueve en lontananza,
furor que prende la llama oculta de la irreverencia.

Solo quiero ver la luz

Hay una escalera
que baja y baja empinada
hasta un camino estrecho,
una senda que yo no quiero recorrer
porque conduce al silencio.
Yo solo quiero ver la luz,
el ruido de fondo,
empellones de felicidad,
campanas al vuelo,
alas de mariposa azul
que colorean el cielo,
melodías alegres,
que traspasan el hielo,
destellos de libertad
que difuminan el miedo,
brotes encendidos de ilusión
que iluminan mi tiempo.

Despertar

He recorrido contigo
el camino de las sombras,
el del cielo,
el del infierno,
el de la esperanza,
he subido hasta las cimas más altas
de tu conciencia,
y he rescatado el retorno
de tu tempestad,
pero ahora ya no me pidas más.
Porque mi mundo de tinieblas ya no existe.
Porque en mi razón ya no vives.
Porque he descubierto una nueva manera de sobrevivir.
Porque ha salido mi sol y me ha empujado a soñar.
Porque necesito despertar.

Las mieles del amanecer

Nos espera la oscuridad
al final del camino
si no distinguimos
entre temeridad y destino
si no existimos
si preferimos
dar la espalda al corazón
si nos asimos
a una rama resistente de olivo
en lugar de saltar al abismo
si no nos perdonamos a nosotros mismos
si no sucumbimos
a los placeres mundanos
en lugar de a los divinos
si caminamos doblegados al abrigo
del desatino
si nos falta el valor
para exigirnos
despreciar los entresijos
que no nos permiten
volar sin comprender
porque vivimos

una vida que es y no fue
porque nos perdemos
en las mieles del amanecer
en lugar de luchar por crecer
entre el fango que desencadene
nuestro renacer

Libertad

Libertad es decidir
tu forma de vivir,
no depender de la ambición
o de la obsesión
de los demás,
ser tú
y tus circunstancias,
nada más,
ni escalón,
ni eslabón,
ni una muesca en el cerebro
de quien tiene la intención
de probar,
de embaucar,
de experimentar
y moldear,
de sacar provecho
de tu incapacidad
para no depender
de su voluntad.
Ser libre es mirar en tu interior
y tener la valentía de reconocer
tu verdad.

La humildad

Como una gota de rocío
brilla la humildad,
se extiende derramando sol
por donde va,
llena los corazones
de bondad,
derribando muros
y estrechando nudos
con su irrefrenable
Inmensidad,
define así su porción
de humanidad,
y presta consuelo
a quien con falso anhelo
un día confundió
los faustos del triunfo
con la verdadera
felicidad.

Escribir

Escribir
qué podría decir
de escribir,
de ese sueño interminable
que lucha por expresarse
para construir emociones
y sembrar verdades
y promover acciones
que lleven a reflexionar
sobre las armas
que utiliza el amor
para desentrañar
los hilos que urden
la trama que obstaculiza
la razón.

Una oportunidad

Por qué no podemos volar
si existe el mar
para vibrar
en una noche de luna
y respirar
el aire colmado de perfumes y de sal.
Por qué no descubrir los secretos
que esconde el despertar.
Por qué no escapar
de las garras del silencio
y desatar
los nudos que nos impiden huir
de la temible soledad.
Por qué no bajar
al infierno
y escarbar
en el ombligo del mal
para lamer las heridas
y después
comenzar a sanar.
Por qué temblar
si lo que de verdad importa

es navegar
en un barco cargado de sueños
y sembrar
felicidad.
Por qué llorar,
por qué sufrir,
por qué claudicar,
si un día llegaremos más allá
del dominio de las sombras
y encontraremos la paz.

Te regalo una poesía

Te regalo una flor,
una poesía,
el lado más sonriente
de mis días,
la maleta de sueños
que me guía,
y mi fantasía,
te doy mi más hermosa
melodía,
mi jardín de la alegría,
la fugaz fluctuación
de mi armonía,
y mi melancolía,
te entrego mi imaginación
para que te sorprendas,
para que rías,
para que enciendas la luz que desprendí
y resplandezca tu vida,
te regalo un minuto de felicidad
convertido en caricia.

Invierno acerbo

El amor me llama
en esta tarde fría,
en este invierno acerbo
que descarna las horas
y los días,
llaman a mi corazón
suspiros,
besos,
caricias,
de madrugadas eternas,
de noches de fuego,
melodías llenas de emoción
cantadas al viento,
paseos a la luz de la luna
donde florece el deseo.

Rosa

Arrogante y hermosa
reina la rosa,
con su corazón de terciopelo,
colma la magia de los amantes,
esparce polvo de estrellas
con su aroma,
y colorea homenajes y fiestas.
Es un diamante en primavera,
en el invierno se cubre de escarcha,
despliega su emoción por los jardines,
y alegra con su desparpajo las plazas,
rosa roja de abril,
de mayo, de plenilunio,
merecedora de requiebros,
rosa azul violáceo del verano
y amarillo terroso del desierto.

Mundo hostil

Mundo hostil,
no me abandones,
deja que disfrute de ti,
que coloque brisas en tu infierno,
que hunda mis raíces en tu pecho,
que encuentre la razón de mi existir.
Poséeme sin piedad,
Abrázame,
abre tus fisuras para que pueda vibrar,
y después,
cuando la fuerza de tu frialdad
haya conseguido afianzar mi madurez,
expúlsame.

Gente

Hay gente que aparece en las sombras,
gente que nace,
que muere,
que dinamita las ilusiones,
que hiere,
que lanza deseos incumplidos al aire,
que se recrea en la soledad,
que se esconde,
que se equivoca y se arrepiente,
que se evapora y luego desciende,
que navega por los bordes del deseo sin vacilar,
que se crece en la tempestad,
que lucha por esclarecer la verdad,
que se nutre de irrealidad,
que sueña con despegar sus alas sin volar,
que amanece cada día, a pesar de no querer despertar.

Una mariposa

Una mariposa vuela y vuela,
y despliega su abanico de color,
con los primeros rayos de sol.
Va regalando hermosura,
posándose de flor en flor,
arrullándose al compás de una canción,
derramando gotas de frescor,
alegrando el mundo con su vuelo
centelleante y turbador.

Primavera en flor

He amanecido en una nube de algodón,
después de verte,
de escuchar tu dulce voz
que sabe a almizcle,
a noche salpicada de ron,
a ritmos ardientes,
a mariposas que revoloteaban
en nuestro corazón adolescente.
No,
Nunca te olvidé,
nunca lo hice,
nunca dejé de sentir tu piel bajo mi piel,
en mi caminar,
en mi recuerdo,
aquellas estrellas de neón
que iluminan mis miedos,
aquella primavera en flor
que siempre permanece.

Sol de invierno

Sol de invierno
sereno,
transparente,
que surge de entre las nubes
irisando el aire,
que dibuja siluetas
en las calles,
que redime los fantasmas
agazapados en las mentes
y templa los corazones
liberando pasiones,
que alienta,
que nutre,
que sana,
que recupera
latidos en el alma,
derramando gotas de ilusión
donde solo había tristeza.

Te busco

Te busco a través de la niebla,
o entre la espesura de un bosque,
en el mar profundo,
o en el escondite secreto de las nubes.
Tú.
Siempre tú,
para mí, nadie más existe,
desde aquella noche encantada
que nos unió para siempre.
Nunca,
ni en los instantes más venturosos,
me he sentido tan dichosa,
tan libre,
tan plena.
Tus ojos,
tu sonrisa,
nada más necesité,
durante aquellas horas,
y nada más necesito,
mientras te pienso,
mientras te espero,
mientras creo ver tu rostro

en cualquier sueño,
o cuando paseo entre la gente
y te siento.
Aquel vibrante amanecer
se quedó atrapado
en el recuerdo.

Amapola

Déjate observar
hermosa dama,
de piel sedosa
y corazón de fuego,
esparce tu rubor
a través de los campos
sin miedo,
regalando gotas de placer
y dulces sueños.

Valor

¿Por qué no me dices abiertamente que no?
¿Por qué no me quieres abrir tu corazón?
¡Ah, que no te importo!
¡Ah, que no me quieres!
¡Ah, que lo que me ofrecías era aire!
¡Ah, que eras un cobarde!

Fuerza natural

Lágrimas de cielo azul
que agoniza al compás de una mirada
en un atardecer de luz cegada,
mecida en cenicero de cristal.
Rotundidad de vientos rotos,
agua de miles de arroyos,
losa de gris cenital.
Esperanzadora aurora boreal.
Poderosa fuerza de tempestad.
Brillo irresoluto de mineral.
Lento desvanecimiento de luz de gas.

Violeta de invierno

La montaña vuela
sobre la pradera,
desde el horizonte
surge a borbotones la niebla,
una cigarra canta,
un águila planea,
a lo lejos
un arroyo horada la pendiente
prorrumpiendo en el llano,
el viento forma remolinos
entre los álamos,
y una violeta silvestre
extiende sus pétalos al sol
desafiando el frío del invierno.

Desapego

En los confines de la soledad
habita el silencio,
pleno de arrullos,
libre de apegos,
despojado de las eventualidades
del tiempo,
alejado de la tiranía de los afectos,
henchido de la luz bendecida
del conocimiento,
ungido de la dicha sanadora que
conduce al todo.

Quisiera surcar el universo

En la cima del viento me siento
relajada y contenta,
o en el interior iluminado
del corazón de una estrella.
Quisiera estar siempre alejada
del tiempo,
de la lluvia en el cristal,
del desaliento,
del calor del hogar
protector de las noches
de invierno,
del verano sediento,
del placer reparador
de un codiciado momento,
y surcar
con la nave dorada
del resplandor,
el vibrante transitar
del universo.

Deseos

Sueño con amaneceres rojos
llenos de luz y de esperanza,
con días azules
cargados de bendiciones
y de magia,
con la lluvia cayendo sobre mí
y el viento a mi espalda,
y la hoguera del destino regalando
excitantes llamaradas,
espero días dichosos,
horas hambrientas
de tempestad,
lagos de calma,
innumerables sorpresas,
regueros de belleza,
y una pequeña ventana
por donde recibir
los rayos amorosos del sol
cada mañana.

Naciente primavera

Llueve
afuera
el aire se llena de perfumes
y de quimeras
se escuchan ecos lejanos
de sonidos profundos que llegan
desde la sierra
surgen en los abedules
las primeras hojas
y en las torres
los primeros crotoreos
de las cigüeñas
se deshilachan las nubes
y se algodonan
y se sonrojan los versos
en los poemas
y el sol amanece más temprano
para dar la bienvenida
a la primavera.

Adorada luna

Adorada luna
no te escondas
no huyas
necesito tu luz
y tu cordura
no te protejas de mí
en la penumbra
regálame
tus palabras
generosas
y ocultas
acompáñame
en esta noche
profunda
no te alejes de mí
no me abandones
nunca

La naturaleza no duda

Me pregunto si hay crueldad
en una rosa
¿crueldad?
¿qué crueldad?
inocencia
ternura
¿la arbitrariedad
de la duda?
una espina no hiere
si no es agredida
la belleza es esencialmente
pura
no existe el mal connatural
a ninguna criatura
la naturaleza se equilibra
para ofrecer hermosura
¿quién destruye pues?
¿quién mancilla?

Tus reveladoras piedras

Tus viejas paredes
me miran
tus arcos
tus vidrieras
me recuerdan
que el tiempo no pasa
perdura
me cuentan historias
pretéritas
de contingencias
eternas
me enseñan
que el presente se compone
de coyunturas
que nacieron al abrigo
de inamovibles
creencias
que todo lo que venga
tendrá sus raíces
en remotos procesos
y culturas
pero que no diferirá en esencia

del ahora
porque lo único que importa es el amor
que albergas entre tus piedras
el que movió, mueve y moverá siempre
la existencia

Silencio fecundo

A veces sobran las palabras.
En el infinito del bosque,
donde el águila agita sus alas
para no dejar de volar,
se escucha un alma gritar,
donde se confunde el cielo con la paz.
Entonces el mundo deja de hablar,
y surge, desde lo más profundo del silencio,
la verdad.

Alma castellana

Soy castellana porque soy auténtica,
porque hundo mis raíces en la tierra,
porque mi patria es el sol,
porque no reivindico lo que considero implícito,
porque no juzgo a nadie por dónde ha nacido,
porque tengo el horizonte por bandera,
porque amo la libertad,
sin condiciones,
por derecho,
por el hecho de ser persona,
por convicción.

Otoño blanco

Luces blancas que proyectas
en el gris de tu silencio,
grietas en el despertar de tus afectos,
hojas, ramas despojadas que pervivirán en tu recuerdo.

¿Por qué te escondes?

¿Si reniegas de mí,
por qué te escondes?,
¿por qué buscas reductos
y rincones?,
¿por qué no rebates
mis razones?,
¿por qué lloras
cuando te alejas de mí?
¿Has decidido dejar de luchar?
Habla con el corazón,
despeja tus dudas,
libera tu razón
y deja que fluya.

Aprende a vivir sin mí

No camines a mi lado si no eres feliz,
no te sostengas en mí.
Si te pesan las horas,
si tu cielo está gris,
aléjate de mí.
Camina por otras calles,
navega por otros mares,
respira el aire renovado de otros valles.
¡Aprende a vivir sin mí!

Cruces desnudas

Cruces desnudas
muestran el camino
hacia el lugar
donde descansan
los recuerdos.
Evocan
suspiros,
ruegos,
lamentos,
hondos silencios,
arrepentimientos
lanzados
al viento,
emociones contenidas
en ojos posados
en una corona de espinas
y un madero.

Te regalo mis alas

Te regalo mis alas
para que vueles
para que salgas
de tu burbuja
y alcances
la luz
de la esperanza
te regalo mi corazón
convertido
en dadivosa
palabra

Regresión

Necesito una luz en la noche
que me guíe en mi camino hacia el norte,
que elimine la espesura de las sombras
y me deje ver el horizonte.
Iré surcando praderas,
montañas, ríos y valles,
con el aire en mis pulmones
como único equipaje,
hacia el lugar donde los silencios se esconden,
y seré un abedul erguido y orgulloso
en el corazón del bosque.

Belleza que sana

Observo extasiada
el horizonte,
ensimismada,
sorprendida,
por tanta belleza,
mientras miles de preguntas
pululan
por mi cabeza,
por qué la luna se esconde,
por qué el perfume del mar
se funde con el del aire,
por qué la claridad absorbe
todos los colores,
qué hay más allá
del más allá
del horizonte,
por qué sigo aquí observando
sin más
sin inmutarme,
el universo debería bastarnos
para ser felices,
su contemplación es el mejor antídoto

para la mordedura
de sabandijas
y serpientes.

Amanece

Si una espina te ofrece
una rosa,
olvida la espina,
abraza la rosa,
disfruta la luz perfumada
y sedosa,
coloreada
y ansiosa
por aterciopelar
tus horas,
sé una libélula inquieta
que revolotea
sobre el río azul
que refleja los
álamos y penetra
en la arena.

Un nuevo otoño

Hay un otoño
embriagador,
un aroma a jazmín
que arrulla el alma,
un tibio sol
que acaricia los sentidos
para alejar
el dolor,
una lluvia suave y serena
que sana con su susurro
el corazón.

Huída

Huye
sal de ti
a vivir
a cruzar montañas
a dejar atrás el frío
del invierno
a ser uno más
entre los granos
de la arena tibia
del desierto
a conocer el dolor
sin el calor
del hogar
cautivo
y acaparador
a sentir
el abrazo afectuoso
y vibrante
del sol

Un barco de amor

Soy un barco de amor,
cuyo timón dirige mi corazón,
que navega hacia ti,
que busca tu refugio sin cesar,
que no conoce la fe ni el temor
ni sabe de compasión
y solo quiere abrazar tu calor,
tu anhelo
que carece de razón.
Y cuando te encuentra
no desea pensar,
necesita naufragar,
para no ser cautivo de tu traición,
para no sufrir el desencanto
de tu adiós.

El camino hacia la perfección

El camino hacia la perfección
es espinoso,
posee tramos por los que penetra
el valor y la prudencia,
se observa en él una tendencia
al desaliento,
y pone a prueba
la virtud
de la paciencia,
en su infinitud,
deja de lado
la provisionalidad,
desencadena
el rumor
de la frialdad,
y, solo cuando se acerca el final,
reporta los preciados
frutos
de la eternidad.